발가락 명령!

그림 및 제작 이은

대학에서 산업디자인을 전공하였습니다. 고도현애니스튜디오에서 제주 어린이박물관에 마마신 이야기 디오라마 제작을 했고, 한국의 옛 장터 등 다양한 디오라마 제작에 참여하며 설치 디자인 및 모델러로 활동하였습니다. 현재는 아이들에게 재미있는 상상의 세계를 보여 주기 위해 다양한 그림을 그리고 있습니다.

사진 한정구

사진가. Queen, Beauty Fashion, Womansense 등 다양한 잡지의 패션 사진을 촬영했습니다. 이후 Studio Notsun의 사진팀장으로 LG, KT, KYOBO 등 여러 광고 사진을 촬영하고 있습니다.

발가락 명령!

글 고상한 그림책 연구소 | **그림 및 제작** 이은 | **사진** 한정구

상상의집

“우아! 인형의 집이다!”

건우가 놀러왔지만 민지와 은지는
인형의 집을 만드느라 바빴어요.
건우는 새로 산 로봇을 자랑하고 싶었어요.

"건우는 아빠, 나는 엄마, 은지는 딸!
지금부터 인형 놀이 시작!"
민지는 멋대로 인형 놀이를 시작했지요.

민지=엄마
은지=딸

“여보, 여기서 주무신 거예요? 일어나요. 출근할 시간이에요.”

엄마가 된 민지가 아빠가 된 건우를 깨웠어요.

하지만 아빠 건우는 소파에 누워 있기만 했어요.

“여보!”

“아빠!”

민지와 은지가 소리치자 건우는 마지못해 일어났어요.

“반찬이 이게 뭐야? 소시지도 없고.”
아빠 건우는 투덜거리며 아침을 먹었어요.
“물!”, “국이 싱겁잖아!”, “뉴스 좀 틀어 봐!”
짜증 섞인 목소리로 불만을 늘어놨어요.

“어이쿠, 늦겠다!”

“학교 다녀오겠습니다!”

건우와 은지가 집을 나서자

엄마 민지도 서둘러 나갈 준비를 해요.

“이크, 시간이 이렇게 되었나? 늦겠어.”

회사에 다녀온 엄마는
밀린 집안일을 해요.
설거지를 하고, 청소를 하고,
밀린 빨래를 했지요.

학교에서 돌아온 은지는 숙제도 하고, 일기도 써요.

엄마 민지는 바쁜 하루에 지쳐서 꾸벅꾸벅 졸았어요

오늘은 대청소를 하기로 한 날이에요.
어젯밤 늦게 온 아빠 건우는 꼼짝도 하지 않아요.
누워서 발가락으로 까딱까딱 명령만 하지요.
"과일 좀 깎아 와 봐!",
"텔레비전 보게 좀 비켜 봐!"

“당신은 발가락 밖에 없어요?
왜 발가락으로 명령이에요?”
“모처럼 쉬는 날인 거 몰라?”
엄마 아빠의 목소리가 쩌렁쩌렁 울렸어요.

"나 집에 갈래."

인형 놀이를 하던 건우가 벌떡 일어났어요.

"흥! 누가 붙잡을 줄 알고?"

민지도 인형을 탁 내려놓으며 토라졌어요.

인형의 집은 엉망이 되었어요.

깊은 밤,

인형의 집에서 이상한 소리가 나기 시작했어요.

바둑이가 반짝 눈을 떴어요.

인형들이 살아 움직이기 시작한 거예요.

엄마는 못다 한 설거지를 하고,

아이는 장난감을 정리했어요.

하지만 아빠는 여전히 텔레비전에서 눈을 떼지 않고

발가락만 까딱였어요.

바둑이는 도둑이 들었다고 생각했어요.

"으르릉!"

"으악!"

인형의 집에 큰일이 나고 말았어요.

바둑이가 사나운 이빨을 드러내자 아빠가 벌떡 일어났어요.

"내 뒤로 다 숨어!"

아빠는 용감하게 외쳤어요.

리모콘을 집어던지고 두 손으로 청소기를 들었지요.

“위이잉.”

청소기 소리에 바둑이는 정신을 차릴 수가 없었어요.

"우리 아빠 만세!"

바둑이가 도망가자 엄마와 아이는 환호성을 질렀어요.

아빠의 볼이 발그레해졌어요.

"여보, 그동안 내가 너무했지? 미안해."

아빠가 머리를 긁적이자,

엄마는 아빠의 손을 꼬옥 잡아 주었어요.

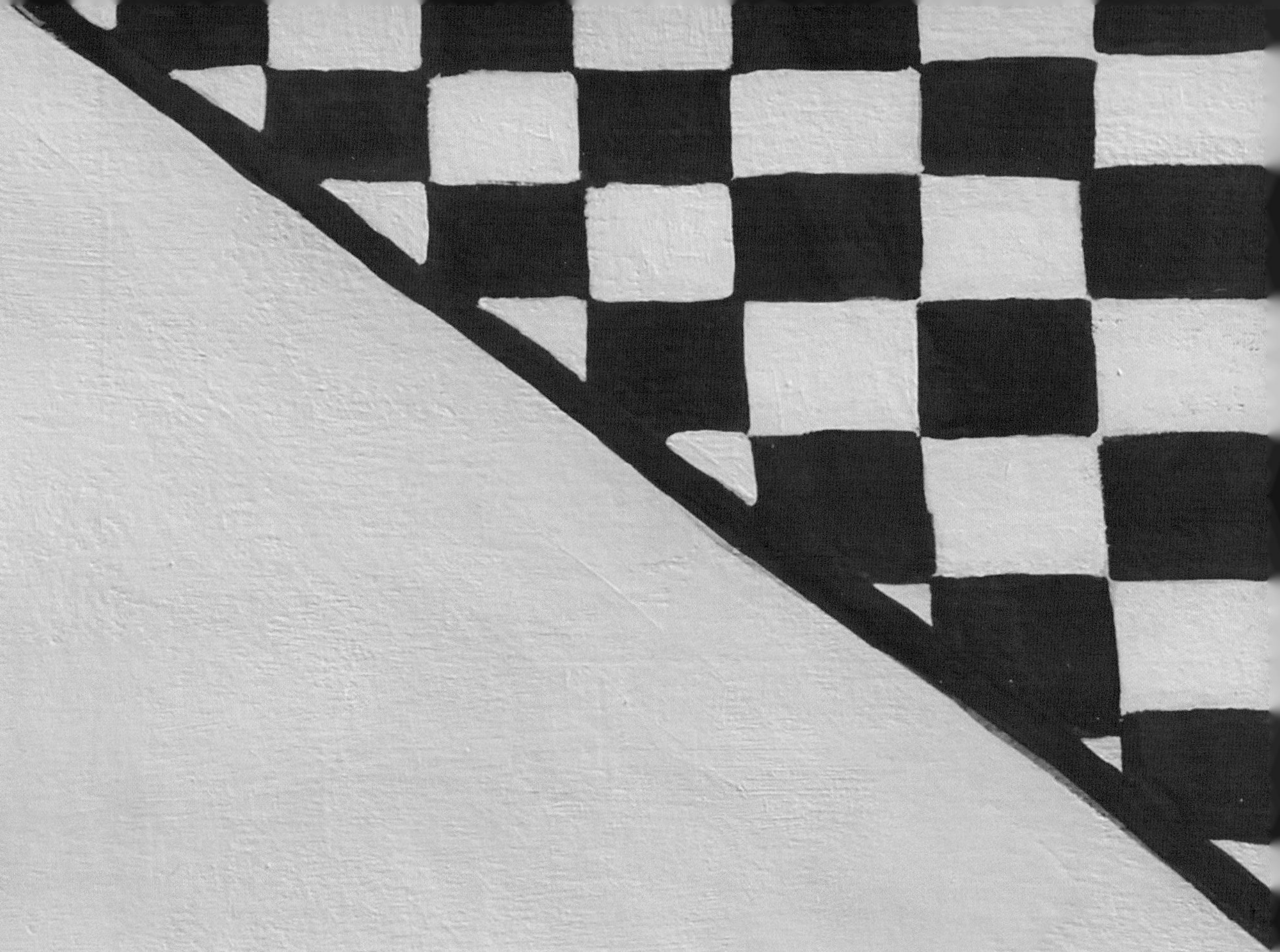

다음 날 아침,

민지는 인형의 집 앞에서 자고 있는 바둑이를 발견했어요.

바둑이 옆에는 건우의 새 로봇이 있었지요.

“어? 이건…….”

“네가 로봇 놀이를
하고 싶어 하는지 몰랐어.
오늘은 로봇도 같이 놀자.”

"아니야. 내가 멋대로 인형 놀이를
망쳐서 미안했어."

건우와 민지는 모두가 함께 노는 마을을 만들었답니다.

생각 톡

★ 우리 집이에요

아기 돼지 삼형제 이야기를 들은 적이 있나요? 아기 돼지 삼형제가 엄마 품을 떠나 각자의 집을 지으면서 이야기가 시작돼요. 첫째 돼지는 지푸라기로 얼기설기 초가집을 짓고, 둘째 돼지는 나무로 대강 집을 만드는데, 늑대가 입김을 불자 두 집 모두 날아가 버려요. 하지만 셋째 돼지는 벽돌로 튼튼하게 집을 지어 아무리 늑대가 거센 입김을 불어도 끄떡하지 않았답니다. 이처럼 집은 재료나 짓는 방식에 따라 다양한 모습을 갖지요.

요즘은 한 건축물 안에서 복도나 계단을 같이 사용하는 공동 주택이 많습니다. 아파트나 다세대 주택, 연립 주택이 그렇지요. 하지만 공동 주택이든 단독 주택이든 외부로부터 가족을 보호하는 집의 기능은 모두 같아요. 우리 집은 어떤 집인지 생각해 봐요.

★ 우리 집에 사는 우리 가족

우리 집에는 우리 가족이 살아요. 그런데 가족이 뭘까요? 우리가 태어날 때 가장 먼저 만나는 가족은 아버지와 어머니예요. 아버지와 어머니를 부모님이라고 부르지요. 부모님께 우리는 자녀가 되요. 자녀는 부모님 밑에서 크는 아이들을 말한답니다. 가족이란 한집에 사는 사람들이라고 생각하는데, 꼭 함께 살지 않아도 끈끈한 유대를 바탕으로 살아가는 사람들을 가족이라고 해요.

★ 집안일을 도와요!

가족들이 함께 살아가기 위해서는 청소, 빨래, 요리 등의 일이 필요해요. 하지만 이러한 일을 한 사람이 모두 할 수는 없지요. 그래서 엄마, 아빠, 가족 구성원인 우리들도 집안일을 하지요. 집안일은 누가 하는 것이라고 딱 정해진 것이 아니기 때문에 가족의 형편에 따라 현명하게 일을 나누는 것이 중요해요. 그럼 내가 할 수 있는 집안일에는 어떤 것들이 있을까요? 장난감 스스로 정리하기, 동생과 놀아 주기, 식탁에 수저 놓기, 신발 정리하기 등이 있어요. 집안일을 하면서 문제를 해결해 나가는 능력을 키울 수 있어요. 독립심과 책임감도 커진답니다.

★ 가족끼리 예절을 지켜요

우리는 웃어른께 존댓말을 써요. 공경하는 마음을 표현하기 위해서지요. 식사를 하거나 인사를 할 때도 우리는 예절에 맞게 행동해요. 아무리 가까운 가족일지라도 예절을 지키지 않으면 말과 행동이 무례해지기 쉬우니 쉬워요. 예절을 지키면 서로서로 기분이 좋답니다.

인사는 예절의 첫걸음

인사는 마음속에서 우러나오는 존경과 반가움을 표현하는 가장 기본적인 예절이에요. 인사는 상대와 상황에 맞게 해야 해요. 잠자리에 들기 전 어른께 “안녕히 주무세요.” 하고 인사를 드려요. 아침에 일어나서는 “안녕히 주무셨어요?” 하고 인사를 하지요. 학교에 가거나 학교에 다녀와서도 꼭 인사를 합니다. 밖에 나가시는 어른이 계시다면 “안녕히 다녀오세요.” 하고 공손하게 인사해야겠지요? 밖에서 돌아오시는 분께는 “안녕히 다녀오겠습니다.” 하고 인사하고요. 인사를 할 때는 항상 상대의 눈을 보면서 밝은 표정과 목소리로 정성을 다합니다.

올바른 식사 예절

식사 예절을 지키면 가족과 함께 맛있는 음식을 먹고 이야기를 나누는 시간을 더 즐겁게 보낼 수 있답니다. 가족 모두 함께 지켜야 할 식사 예절에는 어떤 것이 있을까요?

먼저, 식사 전에는 반드시 손을 깨끗하게 씻어요. 식사를 할 때는 바른 자세로 앉아서 먹어요. 내가 좋아하는 음식만 먹거나, 먹기 싫은 음식을 쏙쏙 골라내지 말고, 여러 가지 음식을 골고루 먹어야 해요. 어른과 함께 식사를 할 때는 '먼저 드세요.' 하고 말하고, 어른이 수저를 들고 나면 따라 먹어요. 식사를 마친 뒤에는 '잘 먹었습니다.' 하고 인사해요. 그리고 자신이 먹은 음식의 그릇을 스스로 정리해요.

밥을 먹을 때 사용하는 숟가락과 젓가락도 바르게 사용해요. 숟가락은 밥을 뜰 때나 국을 먹을 때 사용해요. 엄지손가락과 집게손가락으로 숟가락의 윗부분을 잡고 가운뎃손가락을 살짝 올려놓으면 된답니다. 젓가락은 반찬을 먹을 때 사용해요. 두 짝의 끝을 맞춘 뒤, 한 짝은 엄지손가락의 안쪽 끝에 넣고, 가운뎃손가락과 넷째 손가락 끝에 걸쳐요. 다른 한 짝은 엄지손가락, 집게손가락과 가운뎃손가락으로 잡아요. 엄지손가락과 집게손가락, 가운뎃손가락에 있는 젓가락만 움직여 음식물을 잡아요.

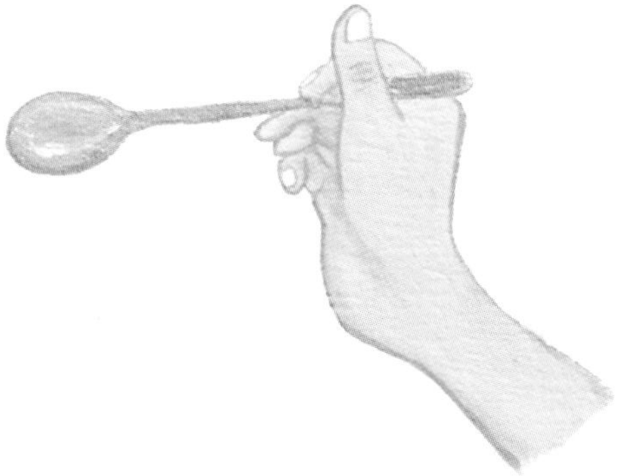

▲ 숟가락 잡는 법

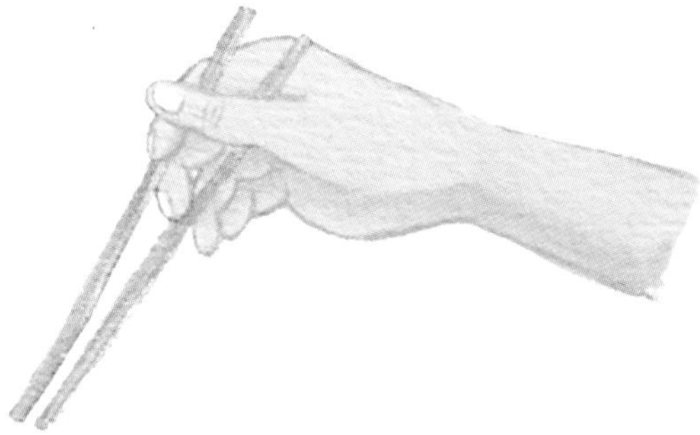

▲ 젓가락 잡는 법

발가락 명령

글 고상한 그림책 연구소 | **그림 및 제작** 이은 | **사진** 한정구
펴낸날 2022년 2월 15일 개정판 1쇄
펴낸이 김상수 | **기획 · 편집** 이성령, 권정화, 조유진 | **디자인** 문정선, 조은영 | **영업 · 마케팅** 황형석, 임혜은
펴낸곳 루크하우스 | **주소** 서울시 서초구 사임당로 50 해양빌딩 504호 | **전화** 02)468-5057 | **팩스** 02)468-5051
출판등록 2010년 12월 15일 제2010-59호

www.lukhouse.com
cafe.naver.com/lukhouse

ISBN 979-11-5568-514-3 64800
ISBN 979-11-5568-490-0 (세트)

※ 잘못된 책은 구입처에서 바꾸어 드립니다.
※ 값은 뒤표지에 있습니다.

상상의집